CONDITIONS DE LA VENTE

Elle sera faite au comptant.

Les adjudicataires paieront *dix pour cent* en sus des enchères.

Paris.— Imprimerie de l'Art, Ch. Berger et Cie, 41, rue de la Victoire.

DÉSIGNATION

TABLEAUX

1 — ANARÉ (Ch.). Chaumieres. — Signé à gauche en bas. Toile. Haut., 41 cent.; larg., 27 cent.

2 — BERTRAND (Paulin). Les Roches. — Signé à droite en bas. Dédicace à gauche en bas. Toile. Haut., 45 cent.; larg., 71 cent.

3 — CAVELIER. Portrait de Victor Dupré. — Toile. Haut., 95 cent.; larg., 76 cent. 1/2.

4 — FEYEN-PERRIN. Les Vaneuses. — Signé à gauche en bas. Cachet de la vente au dos. Toile. Haut., 31 cent.; larg., 24 cent.

5 — FORSBERG (Niels). Tête de Prêtre. — Signé à droite en bas. Daté : *Paris 86*. Panneau. Haut., 24 cent.; larg., 19 cent.

6 — LEMEUNIER. Le Billet doux. — Signé à droite en bas. Daté : *1902*. Toile. Haut., 60 cent.; larg., 42 cent.

7 — Rémond. Type d'Italienne. — Signé à droite en bas. Toile. Haut., 34 cent.; larg., 23 cent.

8 — Sain (Emilie). Terrasse à Capri. — Signé à droite en bas. Daté : *Capri 1897*. Toile. Haut., 44 cent.; larg., 61 cent.

9 — Sain (Paul). Trois paysages dans un cadre. — Panneaux. Haut., 22 cent.; larg., 14 cent.

10 — Schmitt (Paul). Paysage. — Signé à gauche en bas. Toile. Haut., 38 cent.; larg., 55 cent.

11 — Valton. La Servante. — Signé à droite en bas. — Panneau. Haut., 41 cent.; larg., 32 cent.

12 — Vogler. Le Moulin. — Signé à gauche en bas. Toile. Haut., 51 cent.; larg., 60 cent.

13 — Vogler. Effet de lune. — Signé à gauche en bas. Toile. Haut., 46 cent.; larg., 55 cent.

14 — Vogler. Paysage d'hiver. — Signé à droite en bas. Daté : *96*. Toile. Haut., 65 cent.; larg., 80 cent.

15 — Anonyme. L'Écuyer servant. — Toile. Haut., 15 cent.; larg., 10 cent.

16 — Anonyme. — Les Alchimistes. — Panneau. Haut., 11 cent.; larg., 13 cent.

17 — Anonyme. Le Ravin. — Panneau. Haut., 25 cent.; larg., 35 cent.

18 — Anonyme. Nature morte. — Panneau. Haut., 10 cent.; larg., 16 cent.

19 — Anonyme. La Péniche. — Panneau. Haut., 18 cent.; larg., 18 cent.

20 — Anonyme. Rentrée de récolte. — Panneau. Haut., 22 cent.; larg., 29 cent.

21 — Anonyme. Le Paysage. — Panneau. Haut., 25 cent.; larg., 34 cent.

22 — Anonyme. Flore (allégorie). — Toile. Haut., 56 cent.; larg., 75 cent.

23 — Anonyme. Sujet religieux. — Cuivre. Haut., 42 cent.; larg., 32 cent.

24 — Anonyme. Tête de Jeune Femme. — Toile. Haut., 50 cent.; larg., 46 cent.

25 — Anonyme. Portrait d'un Hidalgo. — Toile. Haut., 82 cent.; larg., 66 cent.

26 — Anonyme. Suzanne et les Vieillards. — Cuivre. Haut., 13 cent.; larg., 16 cent. 1/2.

27 — Anonyme. Andromède. — Toile. Haut., 88 cent.; larg., 68 cent.

28 — Anonyme. Fruits. — Toile. Haut., 79 cent.; larg., 84 cent.

29 — Un lot d'esquisses et petits tableaux.

PASTELS, AQUARELLES
DESSINS, LITHOGRAPHIES

30 — CASCIARCO. La Seine à Bougival. — Signé
à gauche en bas. Pastel. Haut., 22 cent.;
larg., 39 cent.

31 — LHERMITTE. Le Repos. — Signé à droite en
bas. Pastel. Haut., 53 cent.; larg., 38 cent.

32 — LHERMITTE. La Moisson. — Signé aux ini-
tiales à gauche en bas. Pastel. Haut., 24 cent.;
larg., 33 cent.

33 — ROSSERT. Terrasse de Versailles. — Signé
à droite en bas. Pastel. Haut., 33 cent.; larg.,
45 cent.

34 — VOGLER. Effet de nuit. — Signé à gauche
en bas. Pastel. Haut., 37 cent.; larg., 45 cent.

35 — ATCHÉ. Le Vitrail. — Signé à droite vers
le bas. Aquarelle. Haut., 53 cent.; larg.,
39 cent.

36 — ATCHÉ. Le Paravent. — Monogramme à
droite en bas. Aquarelle pour calendrier.
Haut., 42 cent.; larg., 30 cent.

37 — BALLUGINO (Paul). Six aquarelles. Haut.,
45 cent.; larg., 17 cent.

38 — Brun (Pierre). Pierrot et Colombine. — Quatre aquarelles pour menus. Haut.,25 cent.; larg., 18 cent.

39 — Calbet. Soubrette. — Signé à droite en bas. Aquarelle. Haut., 38 cent. ; larg., 29 cent.

40 — Harpignies. Le Ravin. — Signé à gauche en bas. Daté : *61*. Aquarelle. Haut., 25 cent.; larg., 34 cent.

41 — Lessieux (Louis). Sujet décoratif. — Signé à gauche en bas. Daté : *99*. Aquarelle. Haut., 52 cent.; larg., 36 cent.

42 — Mercier (Louise). La Couture. — Signé à gauche en bas. Aquarelle. Haut., 40 cent.; larg., 30 cent.

43 — Vallet. La Tasse de café.— Signé à droite vers le bas. Aquarelle. Haut., 40 cent.; larg., 30 cent.

44 — Valton. Pâturage. — Signé à droite vers le bas. Aquarelle. Haut., 12 cent. 1/2; larg., 21 cent.

45 — Valton. Les Laveuses. — Signé à droite en bas. Aquarelle. Haut., 20 cent.; larg., 30 cent.

46 — Balluriau. Le Vieux. — Signé à gauche en bas et dédicacé. Dessin rehaussé. Haut., 40 cent. ; larg., 30 cent.

47 — DAVID-NILLES. La Vieille.— Signé à droite
en bas. Dessin. Haut., 72 cent.; larg., 77 cent.

48 — DAVID-NILLES. Le Parc aux moutons. —
Signé et dédicacé à droite en bas. Haut.,
31 cent.; larg., 33 cent.

49 — FORSBERG (Niels). L'Acrobate. — Signé à
gauche en bas. Daté: *1885*. Dessin. Haut.,
46 cent.; larg., 29 cent.

50 — LÉANDRE (Charles). Musiciens ambulants.
Signé à gauche en bas. Dessin. Haut.,
39 cent.; larg., 31 cent.

51 — LÉANDRE (Charles). Cortège villageois. Signé à droite en bas. Dessin. Haut., 52 cent.;
larg., 38 cent.

52 — LHERMITTE. Les Buveurs.— Signé à gauche
en bas. Dessin. Haut., 21 cent.; larg., 37 cent.

53 — LHERMITTE. La Servante. — Signé à droite
en bas. Dessin. Haut., 31 cent.; larg., 38 cent.

54 — LHERMITTE. Maternité. — Signé à droite en
bas. Dessin. Haut., 35 cent.; larg., 25 cent.

55 — MORIN. Le Chemin de halage. — Signé à
gauche en bas. Fusain. Haut., 38 cent.; larg.,
56 cent.

56 — SMITH. Deux Paysages sur papier teinté. —
Signés à droite en bas. Datés: *1875*. Crayon
rehaussé de gouache. Haut., 11 cent.; larg.,
17 cent.

57 — DAUBIGNY (C.). Le Coup de soleil, d'après Ruysdaël. — Eau-forte de la calcographie. Haut., 32 cent.; larg., 39 cent. 1/2.

58 — DAUBIGNY (C.). Le Buisson, d'après Ruysdaël. — Eau-forte de la calcographie. Haut., 33 cent.; larg., 39 cent., 1/2

59 — LÉANDRE (Charles). Pierrot. — Signé et dédicacé à gauche en bas. Lithographie. Haut., 1 m. 25 cent.; larg., 90 cent.

60 — LÉANDRE (Charles). L'Amour moqueur. — Signé à gauche en bas et numéroté. Lithographie. Haut., 43 cent.; larg., 34 cent.

61 — WILLETTE. Le Petit chaperon rouge. — Lithographie. Haut., 72 cent.; larg., 54 cent.

62 — WILLETTE. Cycliste et la fortune. — Lithographie. Haut., 75 cent.; larg., 59 cent.

63 — ANONYME. La Cigarette. — Aquarelle. Haut., 42 cent.; larg., 30 cent.

64 — ANONYME. Le Carrefour. — Aquarelle pour calendrier. Haut., 38 cent.; larg., 28 cent.

65 — ANONYME. Le Quadrille. — Aquarelle. Haut., 42 cent.; larg., 30 cent.

66 — ANONYME. Le Bull-Dog. — Aquarelle. Haut., 48 cent.; larg., 35 cent.

67 — ANONYME. Trois aquarelles pour menus. — Haut., 25 cent.; larg., 17 cent.

68 — ANONYME. La Diligence. — Sépia. Haut.,
30 cent.; larg., 44 cent.

69 — ANONYME. Paysanne. — Sanguine. Haut.,
17 cent.; larg., 11 cent.

70 — ANONYME. Vieille Mendiante. — Dessin.
Haut., 26 cent.; larg., 17 cent.

SCULPTURES

Petit groupe en terre cuite : Sainte Famille.

Statuette en terre cuite, de Mathurin Moreau.

Panneau en terre cuite : la Chute aux enfers,
de Dalou.

Bas-relief en bois sculpté, décor en polychrome.
Travail espagnol du XVIIe siècle.

Bas-relief en bois sculpté et doré : la Mise au
tombeau.

Statues, Groupes, Consoles, Hauts et Bas-
reliefs en bois sculpté.

BRONZES D'ART ET D'AMEUBLEMENT

Groupe d'Auguste Moreau : la Jeune Mère.

Statuette d'après Houdon : Diane.

Statuette de Gossin : David vainqueur.

Statuette d'après Clodion : Faune.

Garniture de cheminée en bronze doré, de
Susse frères.

Appliques et chenets Louis XV en bronze doré.

Vases, Porte-bouquets, etc.

Lustre flamand, Suspension de salle à manger.

Lampe de parquet, Garnitures de cheminées et de foyers, etc.

PORCELAINES, FAIENCES

Plats, Assiettes, Soupière, Bustes, Fontaines, etc., en porcelaine de Chine et du Japon.

Faïence de Chantilly, Marseille, Moustiers, Rouen et italiennes.

ARGENTERIE

Services de table, Plats, Saucières, Salières, Théière, Sucrier, Cafetière, Service à liqueurs, Cuillers à café et à thé, etc.

INSTRUMENTS DE MUSIQUE

Piano demi-queue en bois noir, d'Erard.

Harpe en bois doré, d'Erard.

Violoncelle de Nicolas Lupot.

Violoncelle (avec son étui).

OBJETS VARIÉS

Deux appareils photographiques.

Trois fusils de chasse.

Quantité de pierres lithographiques.

MEUBLES ET SIÈGES ANCIENS

Commode d'époque Louis XV en bois de rose garnie de bronzes.

Bureau en acajou, Premier Empire.

Petite table Louis XVI, en bois de placage.

Meuble à deux corps, en bois sculpté. xvııᵉ siècle.

Buffet-vaissellier, en chêne Louis XV.

Armoire et table Louis XIII.

Fauteuil en noyer sculpté, d'époque Louis XV, garni en ancienne tapisserie.

Fauteuils Louis XIII, garnis en tapisserie au point.

Canapé fauteuils en bois sculpté, garnis en tapisserie au point moderne.

MOBILIER COURANT

Lit et table de nuit en palissandre sculpté, de Kriéger.

Bibliothèque en chêne sculpté.

Table de salle à manger et porte-manteaux et parapluies en noyer.

Coffre-fort avec enveloppe en chêne.

Table à jeu et à volets en palissandre.

Fauteuils-chaises en palissandre sculpté, garnis en tapisserie et en soie.

Service de table en porcelaine.

Service de verrerie.

Linge de maison.

Rideaux, Tapis, Literie.

Salamandre.

Vins fins et ordinaires.

Ustensiles de cave.

Batterie de cuisine.